La Pastelería del Bosque Salvaje

¡Lee todas las aventuras del Diario de una Lechuza!

DIARIO DE UNA LECHUZA

La Pastelería del Bosque Salvaje

Rebecca Elliott

BRANCHES

SCHOLASTIC INC.

Para Maisy y Katie, que tienen las sillas
aladas más geniales del mundo.—R.E.

Un agradecimiento especial a Eva Montgomery.

Originally published as *Owl Diaries #7: The Wildwood Bakery*

Translated by Abel Berriz

ISBN 978-1-338-35914-5

10 9 8 7 6 5 4 3 2 1   19 20 21 22 23

Printed in China 62

First Spanish printing 2019

Book design by Marissa Asuncion

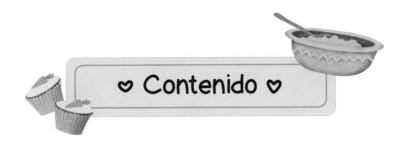

♥ Contenido ♥

♥ ¡Hola a todos! ♥

Domingo

Hola, Diario:

¿Me extrañaste? ¡Soy yo, Eva Alarcón! ¡Me pregunto qué aventura fascinante tendré esta semana!

<u>Adoro</u>:

Las galletas de
abuela Lechuberta

La palabra
<u>burbuja</u>

Ahorrar dólares
lunares

Las bromas

Las ardillas

La risa de Bebé Mo

¡JA JA!

Ayudar a los demás

Ganar en el **ALACESTA**

NO adoro:

El queso apestoso

Las nubes grises

¡GUAA GUAA!

El llanto de Bebé Mo

Ordenar mi habitación

Lavarme las alas
antes de comer

La palabra gris

El caldo de
gusanos de mamá

Perder en el
ALACESTA

¡Mi familia es **ALAVILLOSA**!

Esta es una foto de nosotros del Día de Corazones Cálidos:

Papá

Mamá

Yo

Bebé Mo

Javier

Todos adoramos a Gastón, mi lindo murciélago.

GASTÓN

Soy tan afortunada de ser una lechuza.
Las lechuzas hacemos cosas geniales...

Estamos despiertas cuando el sol se va
a dormir.

Volamos como
los superhéroes.

Ululamos súper alto.

¡Y rompemos el cascarón al nacer!

Esta es mi casa en el árbol.

Vivo al lado de Lucía Pico, mi MEJOR amiga. Nos sentamos juntas en la clase de la Srta. Plumita.

Esta es una foto de nuestro salón:

Jorge

Zacarías

Srta. Plumita

Lily

Jacobo

Zara

Carlos

Julia

Yo

Clara

María

Lucía

Susana

¡Tengo muchas ganas de ver a mis amigos mañana en la escuela! Mejor duermo un poco. ¡Buen día, Diario!

♡ El plan de la silla alada ♡

Lunes

Hoy, la Srta. Plumita nos pidió que contáramos lo que hicimos el fin de semana.

Jugué a las cartas con abuela Lechuberta y abuelo Lechufredo.

¡Hice una maqueta del edificio Alapire State!

Cosí un nuevo vestido... con ayuda de mi mamá.

Tomé fotos de la puesta de sol.

Visité a mi hermano mayor en Alahoma.

Comí en un restaurante lechuliano.

¡Fui a la plumiquería!

Hice un disfraz de hada de las flores para Rex, mi lagarto.

Horneé un pastel de cumpleaños para mi papá.

Leí el nuevo libro de la Lechuza Ninja.

Practiqué con mi lechuxofón.

Fui al centro comercial Oso Pardo con mi hermanita Mía. Le compramos una mochila nueva para la escuela.

En ese momento, ¡se me ocurrió una idea **ALAVILLOSA**!

¡Podríamos recaudar dinero para comprarle una silla a Mía!

Eva, ¡qué idea tan espléndida!

¡Chicos, la tarea de hoy será pensar en la mejor manera de recaudar el dinero!

Después de la escuela, Lucía vino a mi casa y horneamos galletas.

Entonces, se me ocurrió otra idea ALAVILLOSA... ¡y a Lucía también! ¡A las dos al mismo tiempo!

¡Estoy TAN emocionada! ¡Ya quiero que sea mañana para contarles a todos nuestra idea!

♡ Delicioso ♡

Martes

¡Diario, hoy la escuela estuvo **ALAVILLOSA**! La Srta. Plumita nos pidió que compartiéramos las ideas para recaudar el dinero.

22

La mitad del salón se unirá al equipo de Susana y la otra, al de Eva y Lucía. ¡Pasarán la semana poniendo en marcha cada proyecto!

Ambas tiendas estarán en el Viejo Roble, y abrirán el sábado y el domingo. ¡Muy pronto recaudaremos el dinero para la silla de Mía!

Todos aplaudimos.

A la hora del almuerzo, nos sentamos en dos grupos.

¡Escuché que el equipo de Susana ya tiene un nombre para su tienda!

¿Cuál?

¡La Esquina Crujiente!

¡Vaya! ¡Es genial!

¡Tenemos que pensar en un nombre aún mejor para nuestra tienda!

Nos llevó SIGLOS encontrar uno...

¿Sueños Azucarados?

¿Delicias Alatásticas?

¿Casa Lela?

¿La Cabaña del Pastel Loco?

¡Lo tengo! La Pastelería del Bosque Salvaje.

A todos nos ENCANTÓ la idea de María.

25

Lo próximo que hicimos fue una lista de lo que necesitaríamos hacer antes del sábado:

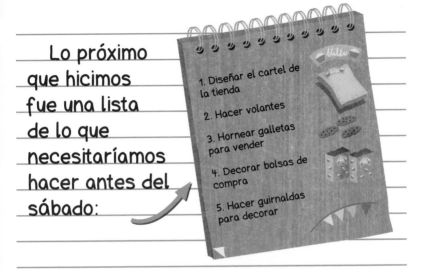

1. Diseñar el cartel de la tienda
2. Hacer volantes
3. Hornear galletas para vender
4. Decorar bolsas de compra
5. Hacer guirnaldas para decorar

Después de la escuela, fuimos a hornear a mi casa, pero la masa de galletas no sabía bien, ¡así que la usamos en una batalla de comida!

Mañana tendremos que hornear DE VERDAD...

♡ ¡Abue al rescate! ♡

Miércoles

Diario, a veces Susana puede ser agradable y a veces puede ser... bueno, Susana. Hoy, Susana estaba siendo Susana.

Vamos a vender TANTOS dulces sabrosos que a nadie le va a quedar dinero para comprar en tu pastelería.

No estés tan segura, Susana. Nuestras galletas también se van a vender MUY BIEN.

Durante las clases, ambos equipos trabajamos diseñando los carteles de las tiendas. Zacarías hizo el nuestro.

Lo copiamos para hacerles a nuestros reposteros tarjetas de membresía.

Durante el recreo, convoqué a nuestra primera reunión secreta. Todos mostraron sus tarjetas y dijeron la contraseña. ¡Fue **ALATÁSTICO**!

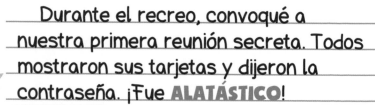

¡Tenemos un buen nombre y un lindo cartel!

Ahora solo tenemos que hacer galletas deliciosas.

La masa de galletas que hicimos anoche quedó... bueno...

¡Asquerosa!

Necesitamos algo REALMENTE especial para vender en la tienda.

¿Qué podremos hornear?

Todos me miraron como si estuviera loca.

¡Se me acaba de ocurrir una GRAN idea! Mi abuela es una gran repostera. ¡Estoy segura de que nos ayudará! Todos los que puedan venir esta noche, ¡traigan harina y azúcar a casa de mi abuela!

Más tarde, le contamos a abuela Lechuberta y a abuelo Lechufredo de la pastelería.

Horneamos galletas DELICIOSAS.

Entonces, a Julia le pareció ver algo en la ventana.

¡Miren!

Salimos volando.

No había nadie, pero María encontró algo.

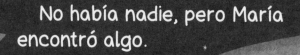

¡Miren esto!

¡Es una tarjeta de membresía!

¡Alguien de La Esquina Crujiente estuvo aquí!

¡Seguramente nos están espiando!

La Esquina Crujiente

Regresamos a la casa.

¡Apuesto a que están intentando robarnos las ideas!

¡TENEMOS que recaudar más dinero que ellos!

¡Sí, tenemos que ganar!

Calma, lechucitos. No se preocupen por lo que hacen los demás. Hagan el MEJOR trabajo posible. Eso es todo lo que pueden hacer.

Abue es una lechuza muy sabia. Pero para que nuestro equipo lo haga MEJOR, necesitaremos algo más que galletas.

Abue, ¿tienes alguna receta de magdalenas?

Tengo una que es <u>muy</u> especial.

Agarró de un estante un libro de recetas polvoriento.

Esta es una vieja receta de la familia Alarcón. Estas magdalenas cremosas de zanahoria son <u>tan</u> ricas que es imposible comerse una sola.

¡Cuenta la leyenda que tu tatarabuelo Alanio una vez comió tantas de estas magdalenas que no pudo volar durante un mes!

Magdalenas cremosas de zanahoria

1 taza de azúcar
1 taza de harina
6 insectos
2 bellotas
1 taza de zanahorias

-Mezclar los primeros
4 ingredientes
-Rallar las zanahorias y
añadirlas a la mezcla
-Verter la masa en un molde
para magdalenas
-Hornear durante 30 minutos
-Dejar refrescar las magdalenas
-Recubrir con mucho glaseado
-¡Buen provecho!

Entonces, abue susurró:

Difíciles, pero no imposibles. Ahora es muy tarde pero, cuando puedan, sigan a los conejos. ¡No dejen que los vean, porque no les gustará que les roben sus zanahorias! Vístanse con ropa oscura y manténganse ocultos.

Todos les dijimos adiós a abuela y abuelo y volamos a nuestras casas.

Diario, ¡mañana buscaremos zanahorias y hornearemos las magdalenas cremosas! Es la ÚNICA manera de ganar.

Los ninjas cazadores de zanahorias

Cuando llegamos a la escuela, todos cuchicheaban los planes secretos para sus tiendas. Susana nos espiaba. Otra vez me enojé.

¡Sé que nos espiabas anoche, Susana!

No seas tonta, Eva. ¿Para qué lo haría? Tenemos mejores ideas que ustedes para nuestra tienda.

Bueno, ahora tenemos una receta súper secreta, ¡así que nuestra tienda va a ganar!

¡Eso lo veremos!

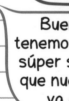

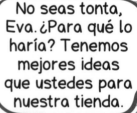

La Srta. Plumita nos llamó a Susana y a mí a su escritorio.

Chicas, recuerden que lo más importante es que sus tiendas recauden dinero para la silla alada de Mía, la hermanita de María. No quiero escuchar más nada sobre ganar.

Sabía que la Srta. Plumita tenía razón, pero también quería que nuestra tienda recaudara más dinero que la de Susana.

Cuando todos nos reunimos...
¡lucíamos muy chéveres!

¡Parecemos ninjas de verdad!

¡Ninjas cazadores de zanahorias!

¡Vamos! ¡Sigamos a un conejo!

Volamos por el bosque en busca de un conejo.

Seguimos al conejo hasta un lugar donde crecían zanahorias silvestres. Nos ocultamos y nos quedamos en silencio.

¿Y ahora qué? ¿Tomamos las zanahorias?

Son <u>silvestres</u>. No son de los conejos.

Así y todo... deberíamos pedírselas.

Voy a hablar con ellos. Esperen aquí.

Mis amigos se acercaron y juntos recogimos las zanahorias.

De regreso en mi casa, horneamos las magdalenas cremosas.

¡Horneamos TANTAS que se nos acabó el azúcar!

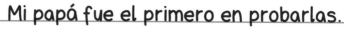

Mi papá fue el primero en probarlas.

¡Estas magdalenas quedaron alaxquisitas! ¿Puedo comer otra?

Creo que has comido suficiente.

¡Abue dijo que nadie se conformaba con una sola!

Adelante entonces. ¡Pero solo si yo también puedo comer una!

Diario, mi habitación está LLENA de galletas y magdalenas. ¡QUÉ RICURA!

♡ Reunión urgente ♡

Hola, Diario:

¡No puedo creer que ya sea viernes! ¡Nuestra pastelería abre mañana!

Hoy, durante el recreo, nos divertimos jugando **ALACESTA**. Pero las redes, los uniformes y los balones son tan viejos que se están cayendo a pedazos.

¡Nuestra escuela necesita renovar el equipamiento!

Así es. Y es una pena, porque a mi hermana le encanta el alacesta. Es uno de los motivos por los cuales quiere empezar en la escuela.

¿Mía puede jugar alacesta?

Bueno, ella no puede volar, así que no puede jugar... Pero es muy buena atrapando la pelota.

¡Cuando tenga la silla alada, podrá jugar!

¡Tienes razón! Eso la hará muy feliz. ¿Crees que recaudaremos suficientes dólares lunares para comprar una silla?

Tenemos que hacerlo. ¡Por Mía!

En ese momento, llegó volando el equipo de Susana.

Entonces Susana dijo:

Repartimos nuestros volantes, pero no hemos visto ninguno de ustedes. ¡Si consiguen un cliente será de milagro!

¡¡¡AYYYYYYY!!!

¡Oh, no! ¡¡Teníamos que haber hecho los volantes hace días!!

A la hora del almuerzo, revisamos la lista de cosas por hacer:

1. Diseñar el cartel de la tienda
2. Hacer volantes
3. Hornear galletas para vender
4. Decorar bolsas de compra
5. Hacer guirnaldas para decorar

¡Nos falta tanto por hacer!

¿Cómo pudimos olvidar los volantes? ¡Nadie sabrá de la tienda!

No se preocupen. Reunámonos después de la escuela, ¿está bien?

Mi hermanita Mía quiere ayudar. ¿Puede venir?

¡Claro! ¡Necesitamos todas las alas posibles!

Después de la escuela, trabajamos duro.

Lucía y yo hicimos las guirnaldas.

Zacarías y Julia hicieron los volantes.

Jorge, María y Mía decoraron las bolsas. (¡Qué suerte que Mía nos ayudó!).

En poco tiempo lo tuvimos todo listo.

Luego, repartimos volantes casa por casa, para que TODO EL MUNDO supiera de nuestra tienda.

¡Estoy ansiosa porque llegue mañana!

♡ Magdalenas versus dulces ♡

Sábado

Volamos súper temprano hasta el Viejo Roble, decoramos la tienda y sacamos las magdalenas y las galletas.

Los clientes hacían fila afuera. ¡Nuestros familiares, amigos y vecinos estaban allí!

Finalmente, llegó el
momento de abrir la tienda.

¡Ay, Diario! Una pastelería
da mucho trabajo...

Tuvimos que hornear magdalenas
y galletas para todos.

Tuvimos que
empaquetarlas.

Y tuvimos que
cobrar la cantidad
exacta de dólares
lunares.

Le eché un vistazo a La Esquina Crujiente. En la tienda de Susana había tantas lechuzas como en la nuestra, así que no estaba segura de quién estaba ganando.

Al final de la noche, estábamos a punto de cerrar cuando...

¡¡¡DESASTRE!!!

Nos quedamos en silencio. Teníamos que pensarlo bien antes de tomar una decisión.

¡Si pedirles azúcar nos ayudará a recaudar más dinero, entonces debemos hacerlo!

Volamos hasta La Esquina Crujiente. El equipo de Susana estaba **ALEXHAUSTO**... ¡igual que nosotros!

La **Esquina** Crujiente

¡Se nos acabaron las bolsas! ¿¡Qué hacemos!?

¡No tenemos con qué empaquetar los dulces!

¡No ganaremos así!

¿Qué tal si le pedimos bolsas al equipo de Eva y Lucía?

¡De ninguna manera! ¡No podemos pedirles ayuda a <u>ellos</u>!

En ese momento, escuchamos la voz de Mía detrás de nosotros.

Creo que ya no quiero una silla alada. Pensé que las tiendas serían una manera divertida de ayudarme, pero ambos equipos dejaron de ser amigos y lo único que quieren es ganar.

Todos nos sentimos mal. Habíamos olvidado por qué estábamos haciendo esto. También habíamos olvidado que éramos amigos, y los amigos se ayudan unos a otros.

La Srta. Plumita pasó a ver cómo nos había ido durante la primera noche, y contó los dólares lunares.

Ambas tiendas hicieron muy buen trabajo... ¡ASÍ que ya hemos recaudado suficiente dinero para la silla alada de Mía!

¡Vaya!

¡Eso es lechugenial! ¡Gracias a todos!

Mía y su papá salieron volando.

Les estamos muy agradecidos. ¡Mía, vamos a comprar una silla alada!

Le contamos a la Srta. Plumita nuestro plan de unir ambas tiendas, ¡y le encantó!

Todos volamos a casa de Susana a hornear. ¡La pasamos **ALAVILLOSAMENTE**!

Cuando llegué a casa, Javier entró en mi habitación.

¿Cómo les fue hoy en la pastelería? ¿Me guardaste algo?

De hecho, sí. Aquí tienes.

¡Ay, no!

¿Qué pasa?

¡Olvidé llevarles magdalenas a los conejos que nos regalaron las zanahorias!

Así que, Diario, puse mi alarma para mañana súper temprano. Estoy tan cansada...

♥¡La campeona de alacesta!♥

Domingo

Volé hasta el lugar donde crecen las zanahorias silvestres cuando aún era de día.

¡La nueva Tienda de Pasteles y Dulces Salvajes fue todo un éxito esta noche! ¡Nos divertimos tanto! Después de cerrar, nos comimos los dulces que sobraron.

Entonces, Mía voló —sí, VOLÓ— ¡en su nueva silla alada!

Mía se lanzó a atraparla. ¡Fue más rápida que ninguna lechuza que conozca!

¡Vaya, Mía!

¡Parece que el equipo de alacesta de la Primaria Enramada tiene una nueva estrella!

¡Todos vitoreamos! Fue una gran semana, Diario. ¡Te veo en la próxima!

Rebecca Elliott se parecía mucho a Eva cuando era más jovencita: le encantaba hacer cosas y pasar el tiempo con sus mejores amigos. Aunque ahora es un poco mayor, nada ha cambiado... solo que sus mejores amigos son su esposo, Matthew, y sus hijos. Todavía le encanta crear cosas, como pasteles, dibujos, cuentos y música. Pero, por más cosas en común que tenga con Eva, Rebecca no puede volar ni hacer que su cabeza dé casi una vuelta completa, por mucho que lo intente.

Rebecca es la autora de JUST BECAUSE y MR. SUPER POOPY PANTS. DIARIO DE UNA LECHUZA es su primera serie de libros por capítulos.

DIARIO
DE UNA
LECHUZA

¿Cuánto sabes sobre "La Pastelería del Bosque Salvaje"?

¿Qué es una <u>silla alada</u>? ¿En qué se parece a una <u>silla de ruedas</u>? ¿Por qué Mía necesita una?

Busca la página 43. ¿Por qué los reposteros de la Pastelería del Bosque Salvaje están vestidos de ninjas?

¿Qué desastre ocurre al final de la primera noche en la Pastelería del Bosque Salvaje?

Mía usa una silla especial para volar. ¿Conoces a alguien que use algún objeto especial para auxiliarse?

¿Cómo se creó la Tienda de Pasteles y Dulces Salvajes? Usa detalles para describir los pensamientos, sentimientos y acciones de Eva y sus compañeros.